coleção ◖ ◗ primeiros
136 ◖ ◗ ◖ ◗ passos

Lucia Castello Branco

O QUE É EROTISMO

editora brasiliense

Copyright © by Lucia Castello Branco

Nenhuma parte desta publicação pode ser gravada, armazenada em sistemas eletrônicos, fotocopiada, reproduzida por meios mecânicos ou outros quaisquer sem autorização prévia da editora.

Primeira edição, 1985
2ª edição, 1987
1ª reimpressão, 2004

Revisão: Sônia Queiroz, Gilberto D'Ângelo e José W. S. Moraes
Capa: Waldemar Zaidler
A partir de ilustração indiana do séc. XVII

**Dados Internacionais de Catalogação na Publicação (CIP)
(Câmara Brasileira do Livro, SP, Brasil)**

Castello Branco, Lucia
  O que é erotismo / Lucia Castello Branco.
– São Paulo : Brasiliense, 2004. – (Coleção primeiros passos, 136)

  1ª reimpr. da 2ª ed. de 1987.
  ISBN 85-11-18207-1

  1. Erotismo I. Título. II. Série.

04-3304 CDD-392.6

Índices para catálogo sistemático:
1. Erotismo : Costumes sexuais 392.6

editora brasiliense s.a.
Rua Airi, 22 - Tatuapé - CEP 03310-010 - São Paulo - SP
Fone/Fax: (0xx11) 6198-1488
E-mail: brasilienseedit@uol.com.br
www.editorabrasiliense.com.br

livraria brasiliense s.a.
Rua Emília Marengo, 216 - Tatuapé - CEP 03336-000 - São Paulo - SP
Fone/Fax (0xx11) 6675-0188

ÍNDICE

— No rastro de Eros 7
— Eros pornografado 15
— Nos domínios de Tanatos 30
— Onde o corpo é *corpus* 43
— Um prazer ao pé da letra 56
— Um deus indomável 69
— Indicações para leitura 72

"Eros, o deus do amor, ergueu-se para criar a Terra. Antes tudo era silencioso, nu e imóvel. Agora tudo é vida, alegria, movimento."

(mito da Grécia Antiga)

pro Paulinho

NO RASTRO DE EROS

Definir erotismo, traduzir e ordenar, de acordo com as leis da lógica e da razão, a linguagem cifrada de Eros, seria caminhar em direção oposta ao desejo, ao impulso erótico, que percorre a trajetória do silêncio, da fugacidade e do caos. O caráter incapturável do fenômeno erótico não cabe em definições precisas e cristalinas — os domínios de Eros são nebulosos e movediços.

Alguns dos obstinados que tentaram perseguir a trilha do "deus" mergulharam na perplexidade, no delírio ou no silêncio. É o caso de muitos místicos e de alguns loucos. Outros tentaram escapar do salto no escuro através de uma estratégia cientificista, que de fato lançou algumas luzes sobre os domínios imprecisos do desejo, mas que também desembocou, invariavelmente, na angústia do indecifrável. O próprio Reich, psicanalista alemão que se tornou famoso e morreu perseguido por suas ousadas descobertas na área da sexualidade, e que parece ter dedicado sua vida à apreensão científica do fenômeno erótico, terminaria por reconhecer a permanência do "enigma do amor" nas últimas páginas de *A Função do Orgasmo*.

Houve ainda aqueles que, menos torturados pela necessidade de compreensão do fenômeno, voltaram-se para a fruição e expressão do desejo. Alguns pornografaram Eros, outros erotizaram o discurso. Entre poetas, sexólogos, maníacos e oportunistas reside um impulso comum: a necessidade de verbalizar o erotismo, de escrever a linguagem do desejo, de decifrar o "enigma do amor", numa tentativa, talvez, de negar a morte em que irremediavelmente nos lançamos ao trilhar os caminhos de Eros.

Não é outro o impulso que me move quando tento caminhar no rastro desse estranho deus. Sei que a tentativa de verbalizá-lo é absurda e, no entanto, fascinante. Talvez o fascínio provenha exatamente do paradoxo em que consiste a tentativa de capturar o incapturável, de lapidar o silêncio. Na ilusão de evitar os desvios enganosos de Eros, não ando à busca de uma definição cabal do fenômeno erótico, que me leve ao fim de seu percurso. Busco o próprio percurso, a trilha cíclica do deus.

O mito grego nos diz que Eros é o deus do amor, que aproxima, mescla, une, multiplica e varia as espécies vivas. As sugestões de movimento e de união, já presentes no mito, vão se repetir na fala dos poetas, dos místicos e dos sexólogos. A idéia de união não se restringe aqui apenas à noção corriqueira de união sexual ou amorosa, que se efetua entre dois seres, mas se estende à idéia de conexão, implícita na palavra *religare* (da qual deriva *religião*) e que atinge outras esferas: a conexão (ou re-união) com a origem da vida (e com o fim, a morte), a conexão com o cosmo (ou com Deus, para os religiosos), que produziriam sensações fugazes, mas intensas, de completude e de totalidade.

Vamos encontrar essa noção do impulso erótico como busca de conexão e de re-união desde a Antigüidade Clássica. O filósofo grego Platão, em *O Banquete*, talvez o mais antigo texto sobre o erotismo de que temos notícia no Ocidente, já expressa claramente essa idéia. Aristófanes, um dos convidados do banquete, conta que, antes do surgimento de Eros, a humanidade se compunha de três sexos: o masculino, o feminino e o andrógino. Os seres andróginos eram redondos e possuíam quatro mãos, quatro pernas, duas faces, dois genitais, quatro orelhas e uma cabeça. Esses seres, por sua própria natureza, se tornaram muito poderosos e resolveram desafiar os deuses, sendo, por isso, castigados por Zeus, que decidiu cortá-los em duas partes. Assim eles ficariam fracos e úteis, porque seriam mais numerosos para servirem aos deuses.

Após essa divisão, os novos seres, mutilados e incompletos, passaram a procurar suas metades correspondentes: "quando se encontraram, abraçaram-se e se entrelaçaram num insopitável desejo de novamente se unirem para sempre". E daí se originou Eros, o impulso para "recompor a antiga natureza" e "restaurar a antiga perfeição".

É certamente esta a noção que transparece no discurso de Freud, quando ele define o impulso erótico como "desejo de união (ser um) com os objetos do mundo", que conduz Santa Tereza de Ávila em sua paixão mística (se "nos desapegarmos das criaturas por amor de Deus, é certíssimo que o mesmo Senhor nos encherá de si") e que é desenvolvida por Georges Bataille, em seu ensaio *L'Érotisme*.

Segundo esse escritor, o erotismo se articula em torno de dois movimentos opostos: a busca de continuidade dos seres humanos, a tentativa de permanência além de um momento fugaz, *versus* o caráter mortal dos indivíduos, sua impossibilidade de superar a morte. Para Bataille, os indivíduos se lançariam nessa busca de permanência porque eles carregam consigo uma espécie de "nostalgia da continuidade perdida". Ora, mais uma vez estamos diante da idéia de Eros como impulso para "recompor a antiga natureza, tão claramente expressa na fala de Aristófanes.

Há dois aspectos fundamentais, implícitos ao discurso de Aristófanes, que derivam dessa noção do erotismo como impulso em direção à completude. Um deles se refere ao extremo poder atribuído a Eros, que é capaz, ainda que por segundos, de "restaurar a antiga perfeição" e de reproduzir seres "andróginos", totais e audaciosos, que ousam desafiar os deuses. O outro aspecto reside na idéia de "incompletude" e de debilidade dos seres bipartidos que, desprovidos da força de Eros, tornam-se fracos e úteis àqueles que detêm o poder. Em torno desses dois pólos, a força de Eros e a fragilidade dos seres "abandonados" por Eros, articulam-se os mecanismos de repressão sexual, que vêm sendo tão sofisticadamente manipulados pelos agentes protetores da ordem social, sobretudo nos regimes autoritários.

Não é de se estranhar que, nas sociedades de governo totalitário, a questão do erotismo se coloque como fundamental. Sabemos, desde Platão, do poder desse deus incapturável. Para formar cidadãos frágeis e inseguros, é preciso reparti-los, mutilá-los, transformá-los em metades de metades, sem nenhuma possibilidade de recomposição. Isso se faz há séculos, através de inúmeras e sutis modalidades de controle do desejo, e de severas punições aos infratores da ordem.

Mas é curiosa a flexibilidade de Eros. Com sua onipresença de deus, ele consegue sempre estar em toda parte, camuflado sob variados disfarces, máscaras sociais que lhe garantem o livre trânsito, mesmo nos regimes mais autoritários. Nessas situações, ele sabe fazer-se ouvir de maneira cifrada, através de seus signos múltiplos.

Há alguns processos humanos que se circunscrevem ao domínio de Eros e que se realizam como expressão dessa nostalgia de completude, desse desejo de conexão com o cosmo. Um deles, a que já me referi aqui, é o misticismo, que, em sua origem, se constitui em manifestação erótica, em ânsia de fusão e de totalidade: "o Senhor nos encherá de si". Outro desses processos — e talvez o mais poderoso, porque menos facilmente manipulável e, por isso, mais ameaçador à ordem social — é a arte.

A expressão artística se realiza em função de um mesmo impulso para a totalidade do ser, para sua permanência além de um instante fugaz e para sua união com o universo. A comunicação que se estabelece entre a obra de arte e o leitor/espectador é nitidamente erótica. O prazer diante de uma obra de arte não é, em primeira instância, intelectivo, racional, embora a razão possa interferir através de julgamentos de valor, apreciações críticas que todo leitor/espectador termina por fazer. O primeiro contato entre o espectador e o objeto artístico é sempre sensual: aquela obra nos agrada ou nos desagrada, nos "toca" e nos "conecta", ou nos é indiferente.

Nesse sentido a arte corresponde a uma modalidade perversa de erotismo, tomando-se como paradigma a noção de perversão que se cristalizou no século XIX. Perversas, na época, seriam todas as manifestações de Eros que não se justificassem através de objetivos louváveis, como a procriação, base para a constituição da família nuclear. A arte, como as perversões, sustenta a realização do prazer pelo prazer, do gozo estético, ou do gozo erótico, como fins em si. Essa é uma das razões pelas quais a arte e os artistas estão, de alguma forma, sempre à margem da ordem social — a arte carrega a possibilidade de completude, de "androginia"; é, portanto, poderosa e subversiva.

Há ainda um outro elemento que parece se circunscrever aos domínios de Eros e ameaçar veladamente a ordem social: o feminino. Dos seres bipartidos de Aristófanes, a mulher foi aquele que conservou maior parentesco com sua situação anterior de androginia. Durante a gestação, a mulher revive, ainda que temporariamente, a totalidade que lhe foi roubada por Zeus: é completa e "redonda" como os seres originais de Aristófanes. Além disso, a gestação lhe permite o contato íntimo com a origem e, paradoxalmente, com a morte: é somente através da "morte" do óvulo e do espermatozóide que se origina nova vida; é somente através da "morte" de seu estado de completude que o filho pode nascer. A mulher carrega, portanto, a capacidade natural de experienciar a totalidade e a fusão com o universo e de viver temporariamente sob os desígnios de Eros.

Não é por acaso que as sociedades patriarcais estão repletas de regras que procuram controlar essa estranha magia das bruxas. O poder do feminino se encontra expresso nos mitos, dos pagãos aos cristãos; a Bíblia traz exemplos inesgotáveis da necessidade de regular, de "proteger" as mulheres e de se proteger contra elas, que, silenciosas e passivas, ameaçam a ordenação e a assepsia da humanidade, sobretudo durante a menstruação e a gravidez, estados considerados impuros e impróprios, que as remetem naturalmente à "conexão" erótica.

Não será, portanto, apenas através dos canais da sexualidade explícita que Eros se fará ouvir. Aliás, o segredo de seu poder parece residir exatamente nesta maleabilidade: o erotismo deriva de impulsos sexuais, mas é capaz de ultrapassá-los e de se revelar mesmo em contextos onde é grande a repressão à sexualidade, mesmo em casos de extrema sublimação dos impulsos sexuais.

Os impulsos de Eros abrangem as visões alucinadas dos místicos, o canto dos poetas, as imagens abstratas de um pintor, o diálogo uterino entre mãe e filho, os mitos sobre criação e fim do universo. Afinal, como deus que varia e multiplica as espécies vivas, Eros deve ser também múltiplo, vário em seu constante movimento. Fugidio e subterrâneo, ele permanecerá invulnerável aos controles e leis sociais: onde houver vida humana, haverá sempre a ameaça da desordem erótica, a promessa de resgate da totalidade perdida, o silêncio hipnótico do deus.

EROS PORNOGRAFADO

Uma das discussões mais antigas que surgem quando se fala de erotismo, sobretudo quando se pretende analisar as manifestações de Eros na arte, coloca-se em torno da distinção entre erotismo e pornografia. Muito julgamento de valor e juízo crítico, a respeito de obras de arte e de condutas individuais ou de grupo, se fez (e ainda se faz) com base nessa distinção, freqüentemente de caráter moralizante, e pouco nítida mesmo para aqueles que dela fazem uso.

O conceito de pornografia parece ter sido manipulado, em toda sua história, nos moldes da imprecisão e da ambigüidade, embora estivesse sempre procurando servir a interesses precisos e nitidamente partidários. Eram considerados pornográficos, pela justiça inglesa do século XIX, todos os textos que fossem escritos "com o único propósito de corromper a moral dos jovens, e com teor capaz de chocar os sentimentos de decência de qualquer mente equilibrada".

As ambigüidades de uma legislação como essa, que pretendia interferir de maneira clara e objetiva sobre a conduta dos indivíduos e sobre suas produções, eram resolvidas o mais subjetivamente possível, de acordo com a maior ou menor flexibilidade das convicções morais do juiz, vinculadas, é claro, aos interesses de sua época. Por "sentimento de decência" e "mente equilibrada" ninguém nunca soube ao certo o que esses sensatos senhores da ordem entendiam.

Além disso, definições desse tipo esbarravam em limites intransponíveis, como a penetração nas intenções de um autor ao produzir determinada obra. Como provar que o propósito do artista havia sido realmente o de "corromper a moral dos jovens"? Ora, é evidente que os legisladores estavam menos preocupados com as intenções do autor do que com os efeitos que sua obra fosse capaz de produzir. Mas falar de tais efeitos seria revelar o que se tentava manter velado e, quem sabe, incitar o público à leitura desses textos "chocantes". Para esses senhores da ordem, tratar a pornografia objetivamente, sem subterfúgios e meias-palavras, certamente seria pornográfico.

O fato é que, na época, eram considerados pornográficos todos os tipos de arte que fossem "chocantes" e "corruptores" com relação à moral vitoriana, já caduca, mas mantida a duras penas por defensores fervorosos de uma sociedade austera e decadente. Assim, era censurado o que havia de melhor, de mais "poderoso" na arte, como, por exemplo, as obras do escritor irlandês James Joyce, hoje mundialmente famoso sobretudo pelas inovações que introduziu no texto literário, revolucionando totalmente a concepção de romance. É claro que pouco ou nada se entendia do que Joyce propunha nessa época, mas era evidente que ele era um escritor "anárquico" e, como tal, deveria ser evitado.

Os americanos, com o pragmatismo e a objetividade por que sempre primaram, foram mais precisos, mas não menos puritanos e partidários. De acordo com a justiça americana da época, eram considerados pornográficos quaisquer assuntos ou coisas que exibissem ou representassem visualmente (ou verbalmente) pessoas ou animais mantendo relações sexuais. Com base na precisão e clareza desse regulamento, pouco ou nada escapava à censura americana: não era permitida a entrada das obras de Joyce no país, proibiam-se as traduções de Boccaccio e Casanova. Da rigidez de tal conceito nem mesmo a natureza era poupada. Afinal, os animais não costumam escolher lugar para manter relações sexuais.

Pouca coisa mudou nesse sentido, do século XIX até nossos dias. Cem anos depois, ainda somos regidos por leis igualmente ambíguas e subjetivas, que talvez demarquem os limites de nossa conduta social, mas certamente não controlam a ousadia de nossos desejos. De acordo com a legislação brasileira, em decreto de 1970, a pornografia é compreendida como qualquer publicação ou exteriorização contrária à moral e aos bons costumes e que explore a sexualidade. No entanto, continuamos sem saber o que se entende por "bons costumes" e por "exploração da sexualidade".

É evidente que a imprecisão de tais conceitos está a serviço de outras noções, de maior abrangência e de igual flexibilidade, como as de *moral* e *decência*. É fundamental que essas noções sejam maleáveis e relativas, para que possam servir a distintos interesses, em diferentes contextos e épocas. São, portanto, perigosas e parciais quaisquer tentativas de compreensão e análise da pornografia que não contextualizem o fenômeno, ou seja, que não considerem os valores, as idéias e as normas de conduta em vigor no grupo social e no momento histórico em que determinada obra ou determinado comportamento foram considerados pornográficos.

Se o conceito de pornografia é variável de acordo com o contexto em que se insere, e se é impossível articular todas as variantes desse conceito numa única definição, torna-se ainda mais difícil e perigoso tentar demarcar rigidamente os territórios do erotismo e da pornografia. Entretanto, parece haver alguns traços específicos aos dois fenômenos que nos permitem estabelecer uma diferenciação razoavelmente nítida entre eles.

Uma das distinções mais corriqueiras que se fazem entre os dois fenômenos refere-se ao teor "nobre" e "grandioso" do erotismo, em oposição ao caráter "grosseiro" e "vulgar" da pornografia. O que confere o grau de nobreza ao erotismo é, para os defensores dessa distinção, o fato de ele não se vincular diretamente à sexualidade, enquanto a pornografia exibiria e exploraria incansavelmente esse aspecto.

Essas definições desembocam, invariavelmente, em afirmativas do tipo *pornografia: sexo explícito:: erotismo: sexo implícito* (a pornografia *está para* o sexo explícito *assim como* o erotismo *está para* o sexo implícito) e estão de tal maneira cristalizadas em nossa sociedade que são freqüentes os apelos comerciais utilizados em todo material pornográfico, sobretudo em filmes, explorando este aspecto: "cenas de sexo explícito".

Qualquer rápida verificação dos termos dessa afirmativa revelaria um falso pressuposto, que é o de se igualar sexo e nudez à pornografia. De acordo com esse raciocínio, o erotismo seria compreendido, absurdamente, como fenômeno que, embora originário de impulsos sexuais, terminaria por se desvincular de tais impulsos e existir precisamente onde o sexo não está, ou ao menos onde ele é "implícito". Com base nessa distinção, que impera de maneira sutil em nossa sociedade, grande parte da produção artística mundial deveria ser considerada pornográfica.

Outro aspecto que merece ser ressaltado se refere ao caráter moralizante dessa distinção. Ora, se o erotismo é "nobre" e "grandioso" exatamente por saber esconder, vestir a sexualidade, e se a pornografia é "grosseira" porque revela, exibe o sexo "nu", é evidente que, em última instância, todo impulso sexual, natural ao ser humano, deverá ser considerado também grosseiro e vulgar. Parece-me que é precisamente aí que discriminações desse tipo pretendem chegar.

O fato é que, embora as definições de pornografia sejam, na maioria das vezes, normativas, isto é, funcionem como normas reguladoras do comportamento dos indivíduos, o material pornográfico parece, de fato, veicular um conteúdo específico que o diferencia do material erótico. Com medo, talvez, de recair em discriminações moralistas como as que foram mencionadas aqui, muitos dos estudiosos do erotismo preferem não distinguir os dois fenômenos. No entanto, ao delimitar seu *corpus* de pesquisa, esses estudiosos selecionam apenas as obras consagradas como eróticas, não se atrevendo a incluir as "duvidosas" (tidas como eróticas por alguns, como pornográficas por outros), enquanto aquelas oficialmente consideradas pornográficas (filmes pornô, revistinhas de sacanagem) não são sequer mencionadas.

Essa me parece ser uma maneira um tanto

desleal de evitar o problema, pois não mencionar a controvérsia quanto à demarcação de fronteiras entre erotismo e pornografia é aceitar essa demarcação como inquestionável, como definitiva. Essa tem sido, de fato, a postura adotada por grande parte dos estudiosos que, ao eleger apenas algumas obras em detrimento de outras, já estão discriminando erotismo e pornografia, embora as diferenças entre os dois fenômenos não sejam trazidas à tona e — o que é pior — não sejam sequer discutidas.

O problema dessa distinção torna-se ainda mais complexo após a segunda metade do século XIX, quando, em decorrência do fenômeno da industrialização, vamos assistir ao surgimento da indústria cultural, que passou a produzir uma cultura de massa, facilmente digerível e destinada a um público infinitamente maior e menos selecionado que o público de arte.

Com o surgimento da indústria cultural, a distinção entre obras eróticas e pornográficas começa a recair forçosamente na distinção entre cultura erudita e cultura de massa, não menos problemática. Passam a ser consideradas eróticas as chamadas obras de arte que abordem temas vinculados direta ou indiretamente à sexualidade, enquanto são relegadas ao segundo plano, o da pornografia, as obras sobre sexo, produzidas geralmente em série, e com objetivo prioritário de comercialização e consumo.

Essa discriminação é funcional apenas em casos extremos: é nítida a diferença entre uma revistinha de sacanagem e qualquer um dos romances do Marquês de Sade. No entanto, o que dizer dos casos não limítrofes, como os livros de Cassandra Rios e Adelaide Carraro? Afinal, eles ocupam também as estantes de livrarias respeitadas, e não são produzidos e consumidos exatamente da mesma maneira que as revistinhas de banca de jornal. O que geralmente se ouve dizer a respeito de livros desse tipo é que eles são pornográficos porque não são arte, porque exploram a sexualidade de uma forma "grosseira", etc. Continuamos, entretanto, a não saber o que se entende por exploração da sexualidade, por literatura "grosseira" e literatura "nobre". Além de termos que lidar com uma nova questão: afinal, o que é arte?

Curiosamente, a etimologia da palavra *pornografia* já enfatiza esse aspecto comercial, consumista, que se transformou em objetivo prioritário de qualquer material pornográfico após o fenômeno da industrialização. Do grego *pornos* (prostituta) + *grafo* (escrever), o termo *pornografia* designa a escrita da prostituição, ou seja, a escrita acerca do "comércio do amor sexual" (segundo o dicionário de Aurélio Buarque de Holanda). Essa idéia de comércio é encontrada já na palavra *pornos*, derivada do verbo *pernemi*, que significa vender.

À primeira vista, essa definição com base na

etimologia da palavra parece se aplicar apenas à pornografia tal como ela é veiculada nos dias de hoje, como material de consumo, visando exclusivamente à comercialização e ao lucro. No entanto, se entendermos a noção de comércio em profundidade, veremos que essa definição pode se aplicar à pornografia em toda sua história, e que é exatamente com base nesse aspecto, o comercial, que é possível estabelecer alguns traços distintivos entre erotismo e pornografia.

Uma rápida observação do material pornográfico espalhado em bancas de jornal e em vários cinemas do país nos leva à constatação da existência de uma elevada carga de valores transmitidos por esses filmes e livros, em troca de momentos de "prazer" que eles possam proporcionar ao leitor/espectador. Isso quer dizer que para "gozar" desses momentos é fundamental compactuar com as idéias, sentimentos e desejos das personagens, já que o prazer consiste exatamente em viver a coisa nos moldes da ideologia subjacente.

Assim, é necessário acreditar no domínio e superioridade masculinos para gozar com a mocinha eternamente submissa, ao lado do macho autoritário e insaciável; é preciso aceitar e apoiar a situação de desigualdade social em que vivemos para encontrar prazer nas relações desiguais entre patrão e empregada (de uma forma ou de outra, ela sempre é obrigada a ceder), e é fundamental crer sobretudo na preservação do casamento burguês, já que essas ousadias só têm lugar fora do lar e se constituem em estratégias para ajudar a manter o matrimônio, a torná-lo menos monótono.

Além da comercialização explícita, que consiste na vendagem do produto e nos lucros que essa transação proporciona, existe aí uma forma subliminar de comércio, que se efetua através da troca de determinados valores por uma dose "razoável" de prazer: para atingir o "gozo" que a pornografia proporciona é preciso compactuar, adotar ou "adquirir" os valores que ela pretende inculcar. Esse tipo de comércio é anterior àquele que ocorre com o surgimento da indústria cultural, podendo ser, por isso, verificado mesmo em obras produzidas antes do fenômeno da industrialização, ainda que em menor escala.

Portanto, ao contrário do erotismo, que corresponde a uma modalidade não utilitária de prazer exatamente porque propõe o gozo como fim em si, a pornografia estará sempre vinculada a outros objetivos: o prazer depende do pacto com a ideologia que ela veicula.

É nesse sentido que se pode compreender o caráter "inútil" e "perverso" da arte, a que me referi no primeiro capítulo deste livro. A arte sustenta a realização do prazer pelo prazer, seu objetivo máximo é o gozo erótico. Todas as vezes que uma obra de arte procura inculcar valores em detrimento de seu caráter prazeroso, erótico, ela corre o risco de desembocar em outros territórios,

O que é Erotismo

É necessário acreditar no domínio e superioridade masculinos para gozar com a mocinha eternamente submissa, ao lado do macho autoritário e insaciável.

como o do panfleto (quando o objetivo de difundir uma ideologia política supera o objetivo estético), ou o da pornografia, entre outros.

Há ainda um outro elemento, relativo ao caráter dos dois fenômenos, que nos permite distingui-los com razoável nitidez. Conforme foi visto no capítulo anterior, e exemplificado através do mito platônico sobre a bipartição dos indivíduos, o erotismo é um fenômeno poderoso e subversivo exatamente porque caminha em direção à reunião dos seres, a sua imersão na origem e a sua reintegração na ordem natural do universo. A pornografia, ao contrário, insiste sempre na mutilação dos seres, no gozo parcial, superficial e solitário, além de veicular valores que, ao invés de subverter a ordem, procuram preservá-la e até enobrecê-la.

As conotações de pecado e violação, freqüentemente acompanhadas de culpa e punição, que transparecem em toda obra pornográfica, são exemplo dessa ideologia preservadora da ordem social. Todo o "desvario" sexual vivido pelas personagens da pornografia só existe enquanto conduta marginal e ilícita, e serve para manter, ordenar os comportamentos legítimos e recomendáveis.

Assim, é comum encontrarmos, em revistas e filmes pornográficos, o industrial "bom caráter" e "bem casado" que se permite, esporadicamente, uma aventura ousada com "massagistas especializadas", e a jovem decente do interior que "se perde" com o conquistador da cidade grande e/ou mergulha na prostituição (e permanece definitivamente à margem da sociedade), ou se arrepende e é punida, através da culpa ou de alguma terrível fatalidade.

A pornografia insiste sobretudo em comportamentos que reforçam a mutilação e a solidão dos indivíduos. São freqüentes, em obras pornográficas, as formas de prazer solitário (masturbação a um, ou a dois), as relações exclusivamente sexuais, que de preferência não contenham nenhuma carga de amor ou afeto, ou ainda os encontros fortuitos, casuais (um fim de semana "diferente", uma noite "especial"), não se admitindo o prazer no cotidiano dos indivíduos, como parte de suas vidas. Todas essas formas de "prazer" enfatizam, portanto, a superficialidade das relações: os encontros se realizam em apenas um nível, o sexual, e mesmo aí são incompletos e torturados pela culpa, medo e remorsos.

Um outro exemplo dessa insistência na parcialidade das relações pode ser verificado na ênfase em contatos estritamente genitais. São comuns as "cenas de sexo explícito" que insistem na técnica de variadas posições e na manipulação de sofisticados complementos sexuais (vibradores, pomadas estimulantes, etc.), mostrados ao público com absoluta fidelidade e minúcia. O importante nesses casos não é apenas exibir a nudez das personagens, mas sobretudo privilegiar os contatos que se circunscrevem exclusivamente aos genitais, como se o prazer sexual se originasse de uma única parte, autônoma e autômata, de nossos corpos.

Na ênfase aos genitais o que sobressai é fundamentalmente o genital masculino, com sua potência inesgotável. A fonte de todo o prazer reside sobretudo no falo, cuja eficiência é medida através de um sistema quantitativo: o que vale é o comprimento do falo, o número de ereções e de ejaculações sucessivas.

É evidente que esse privilégio do genital masculino reproduz a ideologia viril das sociedades patriarcais em que a pornografia é produzida. Símbolo do poder patriarcal, o falo representa, nessas sociedades, a força, a rigidez, o domínio, e estabelece freqüentemente uma lógica quantitativa: conta-se o número de ejaculações como se contam os bens de um indivíduo, mede-se o comprimento do falo como se mede a extensão das terras de um proprietário.

Tal ideologia, além de reproduzir e manter valores de uma sociedade hierarquizada, e de insistir na parcialidade das relações, ainda exclui e subjuga o elemento feminino, que deve ser mesmo temido nessas sociedades, já que, conforme foi visto no capítulo anterior, ele se circunscreve aos domínios de Eros por sua capacidade natural de reviver a "androginia", a totalidade, a "redondez" prometida pelo deus.

Não é por acaso, portanto, que nas sociedades patriarcais, e sobretudo nos regimes autoritários, existe sempre algum espaço assegurado à pornografia. Cuidadosamente lacradas em invólucros plásticos, ou "proibidos para menores de dezoito anos", as publicações e filmes pornográficos circulam em abundância por aí e vão procurando, a seu modo, manter as coisas como devem ser. Afinal, ao insistir na mutilação dos indivíduos e na parcialidade e superficialidade das relações, a pornografia repetirá sempre a maldição de Zeus, e reforçará a fragilidade, o medo, o conformismo, o desamparo, a solidão. Nada mais conveniente para as sociedades cuja ordem se mantém às custas da "deserotização" e da apatia.

NOS DOMÍNIOS DE TANATOS

São comuns os impulsos de Eros — esse deus da vida e do movimento — que freqüentemente desembocam na morte. As conexões paixão-morte e o tema do "amor fatal" atravessam a literatura do Ocidente e vestem distintas roupagens, de acordo com o momento histórico em que se manifestam. Na morte barroca, torturada, culposa, censora da vida e do prazer, ou na violência da morte romântica, único fim possível de um amor impossível, ou ainda na morte volatilizada e etérea dos simbolistas, é sempre esta conexão que tem lugar: Eros e morte permanecem irremediável e paradoxalmente unidos.

No início do século, Freud tentaria explicar o aparente paradoxo dessa conexão através da elaboração dos conceitos de Eros e Tanatos (deus da morte, para os gregos). Segundo Freud, haveria em nosso inconsciente duas forças antagônicas: Eros, o impulso de vida, e Tanatos, o impulso de morte. Essas forças viveriam em conflito, uma vez que caminham em direções opostas, mas o prazer dos indivíduos não se vincularia necessariamente à vida, podendo algumas vezes estar intimamente aliado a Tanatos, à morte. Quando o desejo maior dos seres humanos é o repouso, o aconchego perene, a paz, o vínculos com Tanatos são estreitos: onde encontrar essa paz eterna senão na morte? Daí, segundo Freud, os impulsos de autodestruição: matar-se, destruir-se é, para esses indivíduos, a única forma de retornar ao útero, de reviver a quietude morna do corpo da mãe, o silêncio e o nada absolutos.

O pensamento de Freud seria reformulado mais tarde pelo psicanalista Reich e pelo filósofo Marcuse, que, com idéias baseadas na sociologia e na economia, não compreenderiam Tanatos como um princípio natural do indivíduo, mas como resposta humana à repressão sexual que nos é imposta pela vida em sociedade e, na maior parte das vezes, exageradamente manipulada pelos regimes autoritários. A agressividade, a violência, a destruição, para esses autores, são formas de prazer "aprendidas" no convívio social, na prática repressiva das sociedades.

De acordo com esse pensamento, a fusão Eros-morte não seria um dado natural, mas cultural, e típico de uma cultura especificamente repressora no que diz respeito à sexualidade. Toda a literatura ocidental estaria, portanto, profundamente marcada pelo crivo da repressão sexual, que se manifestaria sobretudo através dessa conexão Eros-morte.

Na verdade, esse triângulo erotismo-morte-repressão sexual é bastante antigo em nossa cultura. Nossa primeira falha, nosso "pecado original" constitui-se desses elementos: somos mortais porque pecamos, e pecamos porque ousamos comer do "fruto proibido". Parece que a partir dessa primeira infração da ordem de Deus estamos irremediavelmente condenados a viver a morte no erotismo e a reafirmar, através do sexo, nossa finitude, nossa falta e nossa culpa.

Ora, se esses três fenômenos estruturam nossos mitos cristãos sobre a origem da humanidade, é provável que eles ajudem a construir no imaginário ocidental (e, portanto, cristão), um erotismo "pecador", de feições torturadas, envergonhadas ou declaradamente agressivas, todas elas reveladoras da poderosa repressão sexual a que somos submetidos. Em outras palavras, é possível que a morte esteja definitivamente inscrita em nossa sexualidade, e que estejamos mesmo condenados a viver eternamente essa conexão Eros-morte, como fruto de nossa natureza reprimida.

Um outro indício da repressão como elemento determinante na constituição do par Eros-morte encontra-se na semelhança das inúmeras interdições referentes aos dois fenômenos. Os mandamentos de Deus nos ordenam: "não matarás", "não adulterarás" (o sexo só é legítimo quando sagrado pelo matrimônio), enquanto, em nossa vida diária, escondemos os corpos com o mesmo pudor e austeridade com que encobrimos a morte, com que edificamos túmulos suntuosos para nossos defuntos. Sexo e morte são fantasmas que pairam sobre a retidão de nossas vidas: ambos nos remetem ao "pecado de origem", e devem ser, por isso, temidos e evitados.

Sendo a história do erotismo no Ocidente profundamente marcada pela repressão, e estando a repressão evidentemente aliada à morte, não há como negar que, em nossa cultura, o par Eros-morte funcione muitas vezes como elemento denotador de nossa sexualidade reprimida. Estão aí os famosos "enlatados" americanos de TV, colocando em prática o infalível esquema: uma dose razoável de sexo (convenientemente reprimido, é claro), mais uma dose cavalar de violência e agressividade, mais banalidade generalizada e tem-se uma programação de garantido sucesso.

Entretanto, considerar essa conexão como dado *apenas* cultural e compreendê-la *exclusivamente* como produto da repressão é, a meu ver, reduzir-lhe a amplitude e a força e enxergar repressão onde o que ocorre é, muitas vezes, ousadia, ruptura, subversão de valores instituídos.

Além disso, esse tipo de pensamento esconde um pressuposto facilmente questionável, que é o de se considerar a morte, a violência, a agressividade como desvios, erros, males lastimáveis a serem expulsos da vida. Em última análise, tal pensamento é regido por uma ideologia de base nitidamente cristã, pois caminha em direção ao sonho do "paraíso terreal", que corresponde ao Éden bíblico.

Disso nem mesmo Reich e Marcuse conseguiram escapar: ao compreender os impulsos de Tanatos como frutos de nossa cultura repressiva, e ao vincular a repressão a interesses políticos e econômicos de determinados tipos de regime, é evidente que esses autores vislumbram a possibilidade (ainda que utópica, irreal) de uma sociedade não repressora e, portanto, "sem morte".

É preciso não esquecer que, antes de se tornar um *dado cultural*, antes de fazer parte de nossos mitos, nossos valores e nossas crenças, morte e sexo são *dados naturais* que, em sua base, parecem mesmo manter uma conexão. Nascemos, fazemos sexo e morremos antes que pudéssemos inventar explicações para esses fatos, e muito antes que pudéssemos ter uma idéia de como eles ocorrem. E se voltarmos nossa atenção para a natureza, verificaremos que todo nascimento, todo impulso de vida (Eros) acarreta o desaparecimento de algo (um ser, uma situação, um sentimento), implica um impulso de morte (Tanatos).

Esse é o pensamento de Georges Bataille e de muitos artistas "desvairados" que entenderam e expressaram a fusão Eros-morte não como marca de uma falta, de um pecado, mas como uma poderosa aliança, capaz de nos lançar em "outras esferas" e de nos resgatar a totalidade perdida.

Bataille parte de um fato biológico e o estende a suas considerações filosóficas. Observando a reprodução assexuada e sexuada dos seres, ele concluirá que, para se originar uma nova vida, é necessário que uma antiga vida se desfaça, deixe de existir. Na reprodução assexuada, a célula se divide em dois núcleos no momento de seu crescimento, ou seja, de um núcleo resultam dois. Houve, portanto, o desaparecimento, a morte de um ser para que houvesse o nascimento de outro. Algo semelhante ocorre na reprodução sexuada: é necessário que o espermatozóide e o óvulo deixem de existir para que se origine novo ser. A vida é, portanto, produto da decomposição da própria vida.

É com base nesses dados que Bataille construirá seu conceito de erotismo, entendido por ele como impulso resultante de duas forças antagônicas, mas complementares: a vida e a morte. O que move os indivíduos no erotismo é, segundo Bataille, o desejo de permanecer através da fusão com o outro, o desejo de continuar, de superar a morte. Entretanto, essa fusão com o outro é sempre momentânea e fugidia, e está condenada a desaparecer, a morrer, para que os indivíduos continuem existindo como seres distintos. A fusão total, duradoura, eterna só seria possível através da morte dos indivíduos. Eros é movido, portanto, por um desejo extremo de vida, de permanência, de continuidade, que fatalmente desemboca num desejo de fusão, numa ânsia de perda de identidade, no abismo da morte.

Não é por acaso que os franceses denominam o orgasmo de "petite mort" (pequena morte). Como não é por acaso que toda paixão, todo ato extremo de amor é profundamente marcado por um sentimento, por um "gosto" de morte. O desejo de reafirmar a vida através da fusão com o outro implica um desejo de aniquilamento de si mesmo (e do outro), um impulso fatal.

O pensamento de Bataille não segue a trilha de Reich e Marcuse, que entendem o impulso de morte como conseqüência da sexualidade reprimida, mas parece resgatar a teoria de Freud, que já havia admitido a existência dos impulsos de vida e morte no inconsciente humano, sem vinculá-los a fatores sócio-econômicos. Para Bataille, Eros e Tanatos são forças que se articulam e coexistem no ser humano, e têm sua manifestação plena no erotismo.

Esse tipo de pensamento me parece mais abrangente porque, ao admitir a existência de Tanatos na base de todo impulso erótico, não exclui a morte do rol das possíveis manifestações de Eros. Além disso, a violência e a agressividade não ficam aqui subentendidas como decorrências negativas, perversas, maléficas do impulso de morte, mas antes como algumas das inúmeras e variadas expressões de Eros.

Todo ser humano, segundo Bataille, carrega dentro de si um impulso em direção à transposição de seus próprios limites. Esse impulso, que pode ser reduzido apenas parcialmente, se manifesta, na vida diária, quando a violência se sobrepõe à razão. Mesmo sendo controlada por inúmeras leis e interdições (e sobretudo através do trabalho), a violência costuma irromper subitamente no ser humano, seja por intermédio do erotismo (ir além de si mesmo, de encontro ao *outro*), do misticismo (ir além de si mesmo, de encontro a Deus), ou ainda da própria morte, que ultrapassa o homem, desorganiza sua vida, lança-o no caos. Morte e erotismo são, portanto, resultados desse movimento em direção à transposição dos limites; são produtos da violência que nos domina.

É evidente que essa necessidade de excesso não é vista por Bataille como uma deformação do indivíduo, originada pela vida em sociedade, mas como um impulso natural, que nos habita desde que nascemos. Afinal, nosso nascimento nada mais é que o resultado da violência, dessa necessidade que tem o ser humano de transpor seus próprios limites e ir além de si mesmo.

A grande ousadia dos escritores "malditos" de todas as épocas parece residir exatamente no resgate dessa violência e na audácia de sugerir que ela é natural ao ser humano, não devendo ser entendida, portanto, como deformação social. Basta uma rápida leitura de Sade para se verificar que o poder simultaneamente fascinante e repulsivo de sua obra deriva sobretudo dessa conexão violência-erotismo. Sade, ao lado de alguns outros malditos, ousou admitir que o impulso extremo de amor é um impulso de morte.

Vista sob esse prisma, a fusão Eros-Tanatos assume outras conotações: a morte que, aliada ao sexo, pode ser a marca de nossa repressão, de nosso erotismo torturado, pode também ser um início de nossa violência natural, de nosso desejo incontido de transpor limites, de instaurar o caos em lugar da ordem-nossa-de-cada-dia. Parece-me ser esta segunda feição a que vamos encontrar num grande número de obras de nossos escritores, sobretudo daqueles que, por essas e outras ousadias, foram eternamente condenados à marginalidade literária.

Em meio à fusão Eros-morte, é mais uma vez curioso o papel reservado ao elemento feminino. A mulher, que aparece nos mitos e na literatura como fonte de toda a vida, como aquela que gera, protege e alimenta o filho (e, por analogia, é simbolizada pela terra), é também aquela que devora e corrói, que traz a morte ao mundo dos homens (a terra é também túmulo). É Eva quem morde a maçã e instaura a finitude no Éden; é Pandora quem amaldiçoa a humanidade com sua caixa de males.

As representações do feminino como elemento

A mulher, que aparece nos mitos como fonte de toda a vida, é vista também como aquela que devora e corrói, que traz a morte ao mundo dos homens. Talvez por isso, em várias culturas, a morte seja representada como elemento feminino.

(Felix Labisse, "Le Deuil de Salomé".)

aliado à morte são tão variadas quanto aquelas que o vinculam à vida. Afinal, se morte e vida se misturam sobretudo no momento da reprodução, é natural que a mulher, como elemento gerador, conviva intimamente com esses fenômenos.

O poder e o perigo que essa aliança morte-vida representa podem ser verificados uma vez mais, através dos incontáveis tabus com relação à mulher grávida ou menstruada, que vivencia e exibe sem pudor a violência da fusão Eros-Tanatos: na Costa Rica, julga-se que a mulher, desde a primeira gravidez, envenena a vizinhança; após o parto, a judia é tão manchada que deve purificar-se no templo, enquanto a esquimó é isolada sem fogo nem alimento, muitas vezes destinada à morte. É evidente que tantas interdições escondem o medo de algo que deve ser mesmo poderoso, ameaçador.

Essa intimidade da mulher com Tanatos parece ter influído também na representação da morte como ser feminino, presente no imaginário de diversos povos. A literatura ocidental está repleta de exemplos em que a morte é figurada como uma mulher, convenientemente trajada no estilo de sua época. Etérea e espiritual para os simbolistas, sensual e misteriosa para os românticos, ou sofisticadamente cruel para os decadentistas, a morte encarna, em diversas culturas, os diversos atributos que se convencionaram como femininos:

A angústia dentro de minh'alma clama,
Como a noite no caos de uma caverna.
Em silêncio deixai quem já não ama,
Augúrios sepulcrais da paz eterna!

Sinto passos de uma sublime dama,
Escuto em trevas uma voz materna.
O céu de estrelas e oiro se recama...
É a morte que me oscula, ungida e terna.

Para onde irei, tateante, cego e mudo,
Entre as carícias deste beijo frio,
Que em letargos letais me deixa assim?

Talvez agora se desvende tudo...
O outono, o inverno, a primavera, o estio,
Desaparecem... Que será de mim?

O soneto de Alphonsus de Guimaraens não deixa dúvidas: a morte é uma mulher etérea, sublime, longínqua, como queria a estética simbolista, mas é também sensual e ameaçadora, como não poderia deixar de ser para quem vive sob os desígnios de Eros. A fusão Eros-Tanatos realiza-se de maneira explícita nos versos do poeta e lança-o na perplexidade de todos aqueles que de alguma forma ousam exceder os limites: "Que será de mim?". Afinal, o erotismo é sempre este salto no escuro, o salto terrível e fascinante para além de si mesmo e, simultaneamente, o contato íntimo com essa presença materna, originária, que nos habita. É origem e fim, é vida e morte.

Não há dúvida, portanto, que morte e erotismo mantêm uma estreita aliança. Não há dúvida também que tal aliança se efetua, muitas vezes, em resposta a nossa cultura repressora, como um grito tardio de nossa sexualidade reprimida. Entretanto, entender a fusão Eros-Tanatos apenas como produto dessa repressão pode ser fechar os olhos para a amplitude de Eros e para formas extremas de ruptura com a ordem estabelecida.

Se viver plenamente o erotismo é uma maneira de subverter as leis da cultura, explorar suas conexões com a violência e com a morte pode ser uma forma radical de subversão. Disso sabiam bem os malditos, revolucionários e visionários de todas as épocas que, com o Marquês de Sade, ousaram repetir: "Não há melhor maneira de se familiarizar com a morte do que aliá-la a uma idéia libertina".

ONDE O CORPO É *CORPUS*

Como já foi dito, não é possível falarmos de uma história do erotismo sem considerarmos a história de sua repressão. Os mais diversos tipos de civilização parecem alimentar temores semelhantes no que diz respeito à sexualidade e constroem regras específicas para se salvaguardarem dos poderes de Eros.

Em nossa cultura ocidental, um dos inúmeros exemplos de que essas duas histórias se desenvolvem paralelamente encontra-se no mito platônico, do qual já falamos aqui: é somente quando sabemos da maldição de Zeus — a bipartição dos seres — que tomamos conhecimento da existência de Eros. Aliás, é somente a partir dessa maldição que se dá o nascimento do deus. A história do erotismo no Ocidente se escreve, portanto, ao lado da história de sua repressão.

Além disso, nossa herança religiosa reforça a articulação entre esses dois fatores. O cristianismo, ao estigmatizar nossa sexualidade como pecadora, termina por expulsar o erotismo das esferas do sagrado e por destituí-lo de seu caráter abrangente, totalizador. Por termos profanado as leis de Deus, somos condenados a viver um erotismo profano, dessacralizado.

De acordo com o cristianismo, a completude e a totalidade dos seres de Aristófanes só serão vislumbradas através das formas utilitárias de erotismo, aquelas que atendem às "leis da natureza", ou seja, à procriação. Todas as vezes em que os impulsos de Eros ultrapassarem ou simplesmente desconsiderarem a procriação, eles serão vistos como perversos e especialmente perigosos.

Não foram todas as culturas, entretanto, que esvaziaram o erotismo de seu conteúdo sagrado e afastaram de maneira tão radical os desejos do corpo dos desejos do espírito. Em diversas civilizações do Oriente — na Índia, em especial —, erotismo e religiosidade mantêm um estreito parentesco: os templos são ornamentados com esculturas de casais ou grupos de pessoas mantendo relações sexuais, há toda uma educação e uma prática sexuais que se vinculam a um aprendizado religioso.

O *Kama Sutra*, por exemplo, manual sobre a arte hindu do amor, inicia o indivíduo em diversas técnicas sexuais, como a "mordida erótica", os "beliscões e arranhões com as unhas", as "diferentes maneiras de deitar no leito", ou as "diferentes espécies de união". Toda essa aprendizagem faz parte de uma educação integral do indivíduo, que abrange três modalidades: o *Dharma*, obediência ao mandamento dos *Shastra* (escritura sagrada dos hindus); o *Artha*, aprendizagem das artes, aquisição da terra, ouro, gado, carruagens, amigos; e o *Kama*, que é o gozo dos objetos acessíveis aos cinco sentidos e tem como objetivo máximo o prazer.

Como se percebe, a socialização, o trabalho, a arte, a religião e o erotismo devem se complementar de maneira a produzir a harmonização do indivíduo que, ao fim de seu período de vida, constituído de várias reencarnações, poderá finalmente alcançar o *Moskha*, a libertação da alma.

O fato de não haver uma cisão entre erotismo e religiosidade em algumas culturas do Oriente não quer dizer que essas civilizações não sejam marcadas pela repressão sexual. Toda a educação hindu, mesmo a educação do *Kama*, é feita com base na disciplina, no exercício de determinadas práticas e na severa interdição de outras.

Assim, vamos encontrar no *Kama Sutra* rígidas proibições sexuais, que se referem sobretudo à mulher, sempre submissa à autoridade de seu senhor polígamo. As mulheres do harém do rei ou dos nobres não podem se encontrar com nenhum outro homem; a boa esposa deve amar o marido como se ele fosse um ente divino e deve evitar a companhia de mulheres de conduta irregular (feiticeiras, adivinhas, mendigas); e mesmo a cortesã, quando vive com um homem como se fosse sua esposa legítima, deve ter o procedimento de uma "senhora honesta" e ser-lhe dedicada.

Entretanto, apesar das severas leis que regem a sexualidade dos indivíduos, as civilizações orientais em geral não destituíram Eros de seu conteúdo sagrado, mas antes reforçaram as conexões entre as esferas do misticismo e do erotismo, buscando a re-união, a totalidade e a completude do ser. Os hindus, por exemplo, consideram que é através do desejo que o *múltiplo* (todas as coisas vivas ou inanimadas) retornará ao *uno*.

A civilização ocidental, ao contrário, produziu a esquizofrenia, a cisão definitiva entre erotismo e religiosidade. Não é possível imaginarmos nossas igrejas decoradas com estátuas de personagens bíblicas em posições eróticas, assim como é inconcebível no Ocidente uma educação que integre sexualidade e religiosidade. A mãe de Cristo era virgem e concebeu "sem pecado", e estaremos mais próximos da santidade se conseguirmos reproduzir esse modelo.

O que se observa na mitologia cristã é o privilégio do espírito em detrimento do corpo, que, destituído de necessidades, desejos e impulsos, parece inexistir. Imaculado, inativo e impassível, o corpo, na ideologia cristã, é reduzido ao estado de *corpus*

Fachada do Templo Kandarya-Mahadeva, em Khajuraho, Índia. Séculos IX-XI. Na Índia, os templos são ornamentados com esculturas de pessoas mantendo relações sexuais, ao contrário do que ocorre no Ocidente, onde é inconcebível a idéia de uma decoração religiosa que exiba estátuas de personagens bíblicas em posições eróticas.

(cadáver, em latim), em seu eterno repouso e absoluta inércia.

Em nossa cultura, essa degeneração do corpo em *corpus* não se manifesta apenas através do cristianismo, mas é decorrência também de uma prática diária que coisifica, automatiza e "deserotiza" os indivíduos: o trabalho.

Ao contrário do que ocorre na Índia, onde, ao menos em tese, o trabalho tende a se harmonizar com outras práticas do indivíduo, como a arte, a religião e a sexualidade, no Ocidente trabalho e erotismo devem se opor de maneira frontal. É somente com a exaustão do corpo, através do trabalho, que a energia sexual é desviada e os perigos de Eros são controlados. Fragmentado e reprimido, o corpo do trabalhador funcionará como peça de uma grande engrenagem, cujos mecanismos ele mesmo desconhece.

Entretanto, não é apenas através de preceitos religiosos ou de determinadas práticas sociais, como o trabalho, que a repressão sexual se efetua em nossa cultura. Há formas sutis de controle da sexualidade que atravessam nossa vida diária e determinam nossa maneira de conceber e de vivenciar o erotismo. Uma delas, que se instalou definitivamente em nossa cultura sobretudo a partir do século XIX, e que parece ter substituído a Igreja em rigor e eficácia, é a ciência.

O filósofo francês Michel Foucault, morto recentemente, observa que no Ocidente, ao contrário de termos desenvolvido uma *ars erotica* (arte erótica), como fizeram os orientais, inventamos uma *scientia sexualis* (ciência sexual) que, aparentemente neutra, é tão repressora e moralizante quanto a Igreja, pois é ela agora quem determina o que é saudável e o que é perverso e, portanto, quais são as formas lícitas e ilícitas de erotismo.

Com o advento da teoria evolucionista de Darwin e das idéias positivistas de Augusto Comte, no século XIX, todos os fenômenos passaram a ser compreendidos como resultantes de leis naturais invariáveis. O erotismo, obviamente, não escapou a essa avalanche cientificista. Ao contrário: a sexualidade sempre esteve no centro das preocupações clínicas e sociais dos doutores evolucionistas e positivistas. A partir de então, a ciência invadiu os prazeres do indivíduo: classificou as práticas sexuais em normais e periféricas, analisou as "perturbações do instinto", legitimou as formas "saudáveis" de amor.

Nunca se falou tanto em aberrações sexuais, em amores "contra a natureza", em maníacos, perversos e doentes de todo tipo como na segunda metade do século XIX. Interessava à ciência da época analisar esses fenômenos marginais exatamente para mantê-los à margem, para melhor conservar a integridade e a saúde dos indivíduos "normais".

Assim, os doutores da época, e mesmo os do início do século, como o psiquiatra Krafft-Ebing, inventavam, por exemplo, que a masturbação era a principal responsável por todas as formas de degenerescência sexual. O homossexualismo, o sadismo, o masoquismo e a loucura eram considerados anomalias em geral causadas por prematuras e excessivas práticas masturbatórias, ou então resultantes de longos períodos forçados de abstinência sexual.

Não é de se estranhar que, na época, fossem consideradas perversões todas as opções sexuais que não visassem à procriação. Afinal, o sexo em nossa cultura só vinha sendo tolerado como mecanismo de reprodução da espécie, e a ciência, nada neutra e nada inocente, não teria sido privilegiada se tentasse combater a ideologia reinante. A esse respeito, o doutor Krafft-Ebing não hesitava em afirmar: "Toda expressão do instinto sexual que não corresponda a seu objetivo natural — isto é, propagação — deve ser encarada como perversa".

O curioso é que essas idéias cientificistas não se propagaram apenas através da medicina e da biologia, mas invadiram os lares lançando mão de um discurso ainda mais imperioso, embora sutil: o discurso literário. O naturalismo, estilo que esteve em moda na época, nada mais é do que o discurso literário das idéias científicas de seu tempo. As personagens dos romances naturalistas encarnavam as mais freqüentadas anomalias do século XIX: o homossexualismo, a prostituição, a histeria, o alcoolismo, etc. E os narradores, imbuídos da ideologia cientificista de então, eram os doutores que diagnosticavam o puro e o impuro, o saudável e o doentio, a sanidade e a loucura.

Inventou-se nessa época até mesmo uma denominação clínica para o romance: o romance experimental. E o que os autores faziam na literatura eram, de fato, verdadeiros experimentos. O escritor Émile Zola, mestre francês do romance experimental, ensinava que esse método não passava de um processo verbal que o romancista repetia aos olhos do público. E assim como o experimentador nada tem a deduzir diante do experimento (que já traz em si as respostas), da leitura de romances experimentais o leitor nada poderia concluir — o texto concluía por ele.

São evidentes a propriedade e o perigo desse tipo de literatura. Caracterizando-se como "obras fechadas", que traziam em si mesmas suas próprias conclusões e as dirigiam para o que interessava à moral vigente, os romances experimentais eram verdadeiros diagnósticos da sociedade da época. E através da análise, classificação e dissecação de corpos doentes, o naturalismo afastava definitivamente da ordem social os comportamentos indesejáveis. A literatura, nesse momento, abria mão de seu caráter prioritariamente estético e prazeroso para prestar uma generosa e eficiente contribuição à saúde pública.

O teor clínico dos romances era de tal maneira privilegiado que alguns capítulos de nossos naturalistas poderiam ser facilmente confundidos com instruções e explicações contidas em bulas de remédio, ou em enciclopédias de medicina, como ocorre neste trecho de *A Carne*, de Júlio Ribeiro: "Era a onda catamenial, o fluxo sangüíneo da fecundidade que ressumava de seus flancos robustos como da uva esmagada jorra o mosto rubejante (. . .) Com o tempo (. . .) aprendera que a menstruação é uma onda epitelial do útero, conjunta por simpatia com a ovulação e que o terrorífero e caluniado corrimento é apenas a conseqüência natural dessa muda".

O que salta aos olhos nesse tipo de literatura, além do tom médico, é o tratamento dado ao corpo, mais uma vez esvaziado de sentimentos e impulsos próprios para funcionar agora como um canal de anomalias, a ser dividido, fragmentado e dissecado nas mãos dos doutores da ciência. As prostitutas, os homossexuais e as histéricas dos romances naturalistas não são personagens inteiros, donos dos próprios desejos, mas corpos automatizados e possuídos pelas "imperiosas necessidades da carne".

A ideologia científica que tomou conta do Ocidente no século XIX nada mais fez, portanto, do que reforçar e legitimar a ideologia cristã. Pecado ou doença, as sexualidades periféricas eram ainda aberrações a serem exterminadas, ou ao menos afastadas dos indivíduos considerados normais. E o corpo, triturado pela literatura médica dos doutores da época, ou pela medicina literária dos escritores naturalistas, é promovido agora à posição de cadáver da ciência, matéria de experimento sobre a qual se escreve e se ditam normas, *corpus* de pesquisa e de trabalho.

É curioso, no entanto, que esses discursos acerca da sexualidade — e de sexualidades periféricas, em especial — tenham surgido num momento em que vigorava uma moral exageradamente censora e punitiva com relação ao sexo: a moral vitoriana. Mas essa aparente contradição se explica quando percebemos que tais discursos parecem ter se valido de uma elaborada estratégia para burlar a moral vigente e para promover, ao lado do controle e da repressão, formas um tanto excêntricas de prazer.

O século XIX é conhecido como o período da sexualidade encarcerada, muda e hipócrita. E, no entanto, é nessa época que proliferam textos exibindo corpos nus e "perversões" de toda espécie. É lógico que essas ousadias eram permitidas porque, através do estudo e da análise dos chamados fenômenos anormais, o que se buscava era exatamente defender a normalidade e a ordem. Mas será que o sucesso desse tipo de literatura se deveu apenas a seu caráter repressivo e controlador? Ou, quem sabe, os leitores encontrassem nessa dicção clínica uma maneira um tanto deformada, mas a única viável, de viver seu erotismo exageradamente reprimido pela moral vitoriana?

Michel Foucault, ao analisar o discurso dessa época (e também o de nosso século, que não se afasta radicalmente do cientificismo do século XIX), observa que ele se articula em torno de dois eixos fundamentais: o prazer e o poder. Ao mesmo tempo que, por detrás de objetivos explicitamente clínicos, esse discurso esconde estratégias de poder, exercícios de controle e repressão da sexualidade, ele coloca em jogo formas camufladas de prazer, já que ao menos através de um jargão científico e sob a roupagem de doentes ou médicos, autores e leitores poderiam enfim explorar seus desejos proibidos.

Assim, a prostituição, a loucura, a histeria, o alcoolismo e outras "mazelas sociais" do momento não se constituíam apenas em matéria analisável e classificável, mas transformavam-se em realidades tangíveis, situações a serem vividas e experienciadas também pelos indivíduos "normais", ainda que pela via indireta da palavra.

Isso nos leva a verificar mais uma vez a inesgotável flexibilidade de Eros. Mesmo em contextos extremamente repressores o erotismo termina por descobrir maneiras de burlar a moral vigente e de se expressar. No caso da moral vitoriana, ele soube lançar mão dos valores que então imperavam: o cientificismo, moda intelectual da época, e a hipocrisia, moda social que circulava nos lares, nos salões e — por que não? — nos textos. De maneira tortuosa ou torturada, Eros insistia em se fazer ouvir, mostrando-nos que, esvaziado pelas leis de Deus ou fragmentado sob as luzes da ciência, o *corpus* podia ser ainda um corpo. Adormecido, talvez. Mas não definitivamente morto.

UM PRAZER AO PÉ DA LETRA

Apesar da repressão, que domina e determina os discursos acerca da sexualidade, não é sempre que o erotismo, na literatura e nas artes em geral, se vale de disfarces tão elaborados, como o discurso naturalista, para se expressar. Paralelamente à "literatura oficial" que encontramos nas histórias literárias consagradas, desenvolve-se, com igual sofisticação, a literatura de um erotismo "desbocado" e debochado, que se constrói com base no desnudamento do corpo e na exploração da minúcia, do pormenor sexual.

Talvez por isso, e muito pela correspondência forjada entre "sexo explícito" e pornografia, essa produção tenha sido geralmente rotulada de pornográfica. Mas certamente a marginalidade a que essas obras foram condenadas não se deveu apenas à rotulação que receberam, mas antes à ameaça que representam para a ordem social.

Refiro-me ao erotismo literal (mas nem por isso menos literário), humorístico e satírico, que parece ter surgido com as cantigas de escárnio e maldizer dos poetas provençais e galego-portugueses e que se desenvolve até nossos dias, recebendo contribuições dos nossos mais recatados e insuspeitos escritores oficiais.

Essas obras, marcadas sobretudo pelo traço da ironia, além de subverter as normas literárias oficiais, por lançar mão de termos nada nobres e nada cultos (os chamados termos chulos, palavrões), propõem a perenização do gozo erótico, a fusão amor/humor, o exercício do prazer pelo prazer, idéias que vão frontalmente de encontro às regras da sociedade repressora em que vivemos.

É evidente que o ideal defendido por tais obras não corresponde aos valores da pornografia, que, como já observamos, repete e legitima os valores dominantes no contexto social em que se insere. Essa literatura erótica, que em contraposição à produção pornográfica poderia ser batizada de *erografia* (a escrita de Eros), vai funcionar sobretudo como elemento questionador e denunciador da hipocrisia, da tirania e da miséria social (e sexual) em que vivemos.

O poeta renascentista Pietro Aretino foi um dos cultivadores desse gênero erótico-satírico na Itália. Aretino valia-se de seus poemas sobretudo para ridicularizar a imagem pública de figuras ilustres, cuja retidão de caráter era mantida às custas do cinismo e da hipocrisia. Isso lhe custou muitas perseguições e ataques) e até mesmo uma emboscada da qual conseguiu escapar ferido) e, principalmente, a marginalidade e o esquecimento a que foi condenada sua produção literária.

Entre suas obras eróticas estão os *Sonetti Luxuriossi* (*Sonetos Luxuriosos*), que o poeta escreve sob a inspiração das pinturas "obscenas" de Giulo Romano e dedica a "todos os hipócritas", com suas "mesquinhas censuras" e "seu sujo costume de dizer aos olhos que não podem ver o que mais os deleita".

Se fizermos uma rápida leitura desses sonetos, traduzidos no Brasil por José Paulo Paes, verificaremos que a poesia de Aretino incomodava (e incomoda a muitos, ainda) não apenas por suas ousadias a nível do léxico, ou seja, não só por falar as coisas ao pé da letra (ou "foder ao pé da letra", como ele mesmo declara em um dos sonetos). O que parece ferir os pudores moralistas é sobretudo sua proposta de um erotismo feliz, despojado e dispendioso, avesso, portanto, à sexualidade culposa, torturada e "econômica" de nossa civilização ocidental, e especialmente de uma Itália tão católica e tão reprimida:

"Este caralho é mais do que um tesouro!
É o bem que pode me fazer feliz!

> Este sim é que é bem de Imperatriz!
> Vale esta gema mais que um poço de ouro!
>
> (...)
>
> Sim, é verdade, mas
> O caralho nos dá tanta alegria
> Que nossa gula o quer na frente e atrás."

Os desejos de gula, de esperdício e de exuberância, aliados à promessa de felicidade sexual, garantem à poesia de Aretino uma feição ousada e revolucionária com relação à moral vigente. Sua proposta distingue-se nitidamente, portanto, do ideal pornográfico, que esconde, sob a aparência de uma sexualidade prazerosa, a tristeza, a culpa e a casualidade das relações.

Além disso, as minúcias tecidas pelo poeta na focalização do ato sexual deviam (e devem) realmente chocar os "sentimentos de decência" dos guardiães da moral, que insistem em defender a idéia de que o erotismo só se manifesta por alusão ou sugestão, e nunca pelos canais da sexualidade explícita:

> "Tens-me o pau na boceta, o cu me vês;
> Vejo-te o cu tal como ele foi feito.
> Dirás que do juízo sou suspeito
> Porque nos pés eu tenho as mãos, em vez."

Este tipo de descrição detalhada, que se aproxima da *ars erotica* oriental por seu caráter técnico e didático, desemboca, através da redundância e da insistência no pormenor, na fantasia de perenização do clímax sexual, uma das propostas mais ousadas dessa poesia: "Que vosso gozo nunca se defina".

Outra das audaciosas subversões de Aretino com relação à moral de sua época e de sua cultura consiste no questionamento da ideologia da superioridade, da força e do domínio masculinos, a falocracia tão ardorosamente defendida pela pornografia. Em seus sonetos, o homem nem sempre possui o falo gigantesco e majestático dos heróis da pornografia, mas nem por isso vê diminuída sua capacidade de gozar eternamente:

"Ao pé da letra quero-vos foder
O cu, comadre, em fúria tão daninha,
Com dedo, com caralho e com mexer,

(. . .)

Mas direis, escarninha,
Que embora eu seja em tal mister sublime
O ter pouco caralho me deprime."

O deboche com relação a seu próprio caráter fálico e viril, responsável pela depressão que o poeta sente diante do "pouco caralho", expõe ao ridículo essa ideologia que tem no comprimento do falo a medida única do prazer, desconhecendo por isso as inúmeras e variadas formas do gozo erótico.

Todas essas ousadias, somadas à crítica frontal da ideologia cristã, que reprime e pune com a morte a sexualidade prazerosa (" . . . e Eva e Adão fodíamos por seu/Invento de morrer tão desonesto."), fizeram da poesia de Aretino uma arma realmente poderosa contra a sociedade de então.

Situação semelhante ocorre com Bocage, poeta português do século XVIII, que, ao lado de sonetos bem-comportados e respeitados pela crítica especializada, constrói uma poética também "desbocada" e satírica, marcada sobretudo pela denúncia da hipocrisia burguesa e pela dissolução dos mitos românticos que seus contemporâneos — e ele mesmo, em sua poesia "oficial" — procuravam edificar:

"Ó Formosura!

Piolhos cria o cabelo mais dourado;
Branca remela o olho mais vistoso;
Pelo nariz do rosto mais formoso
O monco se divisa pendurado:

Pela boca do rosto mais corado
Hálito sai, às vezes bem ascoroso;
A mais nevada mão sempre é forçoso
Que de sua dona o cu tenha tocado:

Ao pé dele a melhor natura mora,
Que deitando no mês pode gordura,
Fétido mijo lança a qualquer hora:

Caga o cu mais alvo merda pura;
Pois se é isto o que tanto se namora,
Em ti mijo, em ti cago, ó formosura!"

A musa romântica, com todos os seus aparatos de figura ideal ("cabelo dourado", "olhos vistosos", "nariz formoso"), é desmistificada e deformada pelo poeta quando este lhe atribui, de maneira um tanto exagerada, características de um ser real. Como se sabe, essa imagem de mulher impura e imperfeita não tinha lugar na estética da época. O que Bocage faz, portanto, não é apenas ironizar o estereótipo feminino romântico, mas também toda a plataforma desta escola, com os valores e crenças que lhe serviam de base.

Menos elaborada que a de Aretino, a poesia erótica de Bocage satiriza ainda de maneira mais frontal e agressiva a moralidade vigente, que insistia, legitimada pela ideologia cristã e pelas leis de um suposto "estado social", no pecado, na punição e na mentira:

"O Estado Natural

Quando no estado natural vivia
Metida pelo mato a espécie humana,

> Ai da gentil menina desumana,
> Que à força a greta virginal abria!
>
> Entrou o estado social um dia;
> Manda a lei que o irmão não foda a mana,
> É crime até chuchar uma sacana,
> E pesa a excomunhão na sodomia:
>
> Quanto, lascivos cães, sois mais ditosos!
> Se na igreja gostais de uma cachorra,
> Lá mesmo, ante o altar, fodeis gostosos:
>
> Enquanto a linda moça, feita zorra,
> Voltando a custo os olhos voluptuosos,
> Põe no altar a vista, a idéia em porra."

Neste momento, sua proposta poética aproxima-se da de Aretino que, em última análise, também caminha em direção ao "estado natural" da espécie humana, quando esta podia gozar dos prazeres sexuais sem culpa, sem medo e sem remorsos.

No Brasil, é surpreendente o número de escritores que se dedicaram a essa produção erótico-satírica. Ainda mais surpreendente é o total desconhecimento que temos dessas obras, em razão do absoluto silêncio que a historiografia literária oficial conserva com relação a tudo aquilo que lhe fere o bom-tom e o decoro estético.

Sabe-se que os nossos mais recatados beletristas, como Artur Azevedo, Emílio de Menezes e Olavo Bilac, costumavam publicar, sob pseudônimo, textos eróticos em jornais e revistas do gênero, que circulavam sobretudo no Rio de Janeiro, no início do século. No entanto, essas obras até hoje não foram incorporadas à história literária oficial. O próprio Gregório de Mattos, um dos nossos maiores poetas, só em 1969 veio a merecer uma edição digna de seu trabalho, que incluía, pela primeira vez sem cortes, toda sua poesia erótica.

Dentre essas produções erótico-satíricas brasileiras, destaca-se a de Bernardo Guimarães, conhecido romancista e poeta mineiro, que, em 1845, teve publicado, em edição reduzida e com exemplares numerados, seu livro *Elixir do Pagé*, constituído de dois longos poemas eróticos: "Elixir do Pagé" e "A Origem do Mênstruo".

O tom dessa poesia de Bernardo Guimarães afasta-se radicalmente daquele que o escritor cultivou em suas obras célebres, como no romance *O Seminarista*. Numa total irreverência com relação aos valores sociais e literários de seu tempo, o poema "Elixir do Pagé" conta a história de um sujeito que já não consegue ter ereção e gozar dos prazeres sexuais e que, por isso, resolve recorrer às bruxarias de um pajé. Este, pela mesma razão, havia inventado, algum tempo atrás, um elixir milagroso, capaz de provocar o tesão. Ajudado pelo pajé, que lhe oferece o elixir, o sujeito consegue enfim recobrar o entusiasmo sexual e "foder de fio a pavio, / sem nunca sentir cansaço . . ."

O que se observa nesse poema é, num primeiro

Capa de Elixir do Pagé, de Bernardo Guimarães, edição de 1958.

nível, o evidente deboche com relação à ideologia da virilidade. Os primeiros versos já focalizam o sujeito na situação de impotência sexual, o que, numa sociedade em que imperam os valores falocráticos, é considerado no mínimo humilhante:

> "Que tens, caralho, que pesar te oprime
> que assim te vejo murcho e cabisbaixo,
> sumido entre essa basta pentelheira,
> mole, caindo pela perna abaixo?"

No entanto, o que mais sobressai no decorrer do texto é seu caráter de paródia, de imitação grotesca e caricatural de obras consagradas. Além de claras referências ao tom grandiloqüente de Camões ("Que é feito desses tempos gloriosos / em que erguias as guelras inflamadas") e até mesmo de algumas apropriações de termos de *Os Lusíadas* ("e mil brilhantes glórias / a ti reserva o fornicante Marte, / que tudo pode vencer co'engenho e arte"), o que Bernardo Guimarães satiriza com mais veemência é o estilo e o ideário românticos, sobretudo quando reproduz quase que fielmente ritmo e métrica de alguns versos de um dos mais célebres poemas de Gonçalves Dias, o "I-Juca-Pirama". Uma rápida leitura de trechos das duas obras confirma essa semelhança:

> "Elixir do Pagé
>
> E ao som das inúbias,
> ao som do boré,
> na taba ou na brenha,
> deitado ou de pé,
> no macho ou na fêmea,
> de noite ou de dia,
> fodendo se via,
> o velho pagé!"

> "I-Juca-Pirama
>
> Meu canto de morte,
> Guerreiros, ouvi:
> Sou filho das selvas,
> Nas selvas cresci;
> Guerreiros, descendo
> Da tribo tupi."

Ora, sabemos que o romantismo, ao incorporar o indianismo, buscava não só resgatar, através de um símbolo de nacionalidade, a "índole pura e bondosa" do homem primitivo, mas também enaltecer valores como a força, a coragem, o heroísmo. Valores essencialmente fálicos, portanto. Aliás, é em torno da exaltação desse ideal que vai girar a temática de "I-Juca-Pirama".

O que Bernardo Guimarães realiza é exatamente a inversão desse ideal: o herói, abandonado por sua capacidade viril, vê-se obrigado a recorrer à magia do pagé, que, ao contrário de simbolizar a força e a bravura, é também o pobre mortal a quem somente o milagroso elixir seria capaz de salvar. Isso tudo, somado à imitação grotesca do famoso poema de Gonçalves Dias, garante ao "Elixir do Pagé" um caráter amplamente revolucionário para a época.

É lamentável que a marginalidade e o obscurantismo a que até hoje são submetidas essas produções erótico-satíricas se explique (embora não se justifique) por razões de ordem exclusivamente moral, que de maneira alguma se vinculam a critérios estéticos. Mesmo porque, no que se refere à qualidade literária, nada poderia ser alegado contra a divulgação de tais obras.

Confundindo propositalmente "sexo explícito" e pornografia, os senhores guardiães da moral conseguiram banir essas obras das estantes e dos compêndios, abrindo mais uma lacuna — talvez irreparável — na historiografia literária. E, no entanto, qualquer rápida leitura desses autores nos revela não haver nenhum parentesco entre o conteúdo de suas obras e o da pornografia.

Por outro lado, é compreensível que essas produções se constituam em poderosas armas contra a ordem social. Afinal, toda literatura erótica, seja ela alusiva ou "desbocada", ousa desmascarar a hipocrisia que se esconde sob as engenhosas engrenagens dessa ordem. Além disso, ao unir amor e humor e ao assumir declaradamente uma proposta de eternalização do prazer, essas obras abrem mão de um erotismo sóbrio e amargurado para fundar a festa, o carnaval, a utopia, enfim. Terríveis ameaças para nossa civilização doente, que tem na festa o seu momento de exceção e onde a utopia é o espaço dos loucos, a terra de ninguém.

UM DEUS INDOMÁVEL

Conta o mito grego que Eros, ao ter sua identidade descoberta por Psiquê, com quem vivia como esposo invisível, voou para longe e abandonou a deusa inconsolável. A partir de então, Psiquê saiu errando pelo mundo, em busca do amor que perdera.

Na concepção de Aristófanes, expressa no *Banquete* de Platão, Eros não é aquilo que se busca, mas a própria busca a que fomos condenados pela terrível maldição de Zeus: a nostalgia de nossa integridade, de nossa completude original.

Nas duas versões, seja como aquele que busca, seja como o que é buscado, o movimento de Eros (ou em torno dele) deriva de uma falta, de uma carência, e se constrói em direção ao resgate de uma situação anterior de plenitude e de totalidade.

Daí a natureza paradoxal do deus: porque busca

a perenização do prazer, a superação da transitoriedade humana, termina por desembocar na morte, na afirmação dessa transitoriedade; porque busca a fusão total dos seres, a reconstituição de um momento anterior de "androginia", convive com o aniquilamento, com a ruptura, com a solidão íntima de indivíduos mutilados e incompletos.

Daí também sua natureza fugidia: como capturar o que é simultaneamente vida e morte, o que é carência e excesso, arrebatamento e abandono? Disso parecem entender os místicos e os poetas, que preferem a introdução no hemisfério sombrio do deus à tradução de sua gramática cifrada.

Mas em nosso universo "deserotizado" não há lugar para a fala delirante dos que ousam penetrar nos terrenos movediços de Eros. Nossa sociedade reconhece apenas a linguagem do exame, da análise e da classificação: o "discurso da lucidez". É por isso que chegamos ao absurdo de admitir que a verdade última do erotismo esteja em poder da ciência.

No entanto, a todo momento Eros nos revela que pode estar presente onde não parece estar, e que é capaz de deslizar sub-reptício sob os mais variados disfarces e burlar as mais rígidas normas de controle e repressão.

Eros é o desejo. E como tal conserva-se paradoxal e incapturável. Contra seu poder lutam os que se julgam mais poderosos: os defensores da ordem social. Contra seu encanto se aliam os desencantados: os guardiães da moral. Mas o desejo é indomável.

Muitos acreditam que lançando algumas luzes sobre a face oculta do deus possam se ver livres de seu fascínio, traduzir-lhe a linguagem enigmática e enfim dominá-lo. Entre esses encontram-se os doutores da ciência e os doutores da moral (transitando entre as esferas do direito e da pornografia), que parecem desconhecer o destino trágico de Psiquê. Afinal, foi por ter acendido uma lâmpada a óleo para iluminar o rosto de Eros, na tentativa de descobrir com quem compartilhava o leito, que a deusa foi abandonada para sempre.

Alguns, entretanto, aprenderam a lição de Psiquê: os caminhos para a intimidade com Eros não podem ser percorridos sob as luzes do conhecimento, as tão proclamadas luzes da razão. Talvez eles devam ser trilhados no escuro, com a habilidade dos cegos que não enxergam, mas tateiam, apalpam, percebem.

Gostaria que este livro fosse lido sob esse prisma. Um prisma multifacetado, que decompõe e amortece a luz. O que pretendi não foi, em momento algum, dissecar o cadáver do deus e desvendar sua natureza íntima. Mesmo porque tal pretensão seria absurda e inútil. Prefiro o paradoxo, a insensatez, o delírio: deitar ao lado do amante invisível, na mais completa escuridão.

INDICAÇÕES PARA LEITURA

Dentre os textos que se acercam do erotismo sem violentá-lo, merecem destaque:

BARTHES, Roland. *Fragmentos de Um Discurso Amoroso*. Rio de Janeiro, Francisco Alves, 1981.
BATAILLE, Georges. *L'Érotisme*. Paris, Les Editions de Minuit, 1957.
—————. *Les Larmes D'Eros*. Paris, Union Générale D'Editions, 1971.
PLATÃO. Banquete. *In*: Platão, *Diálogos*. São Paulo, Tecnoprint, s.d.

Não propriamente a respeito do erotismo, mas sobre assuntos que se relacionam intimamente ao fenômeno erótico, vale a pena ler:

CHAUI, Marilena. *Repressão Sexual; essa nossa (des) conhecida*. São Paulo, Brasiliense, 1984.

FOUCAULT, Michel. *História da Sexualidade I; a vontade de saber.* Rio de Janeiro, Edições do Graal, 1977.

MARCUSE, Herbert. *Eros e Civilização.* 8ª ed. Rio de Janeiro, Zahar, 1981.

MORAES, Eliane Robert e LAPEIZ, Sandra Maria. *O Que é Pornografia.* São Paulo, Brasiliense, 1984.

REICH, Wilhelm. *A Função do Orgasmo.* 6ª ed. São Paulo, Brasiliense, 1981.

ROUSSELLE, Aline. *Pornéia; sexualidade e amor no mundo antigo.* São Paulo, Brasiliense, 1984.

WINCKLER, Carlos Roberto. *Pornografia e Sexualidade no Brasil.* Porto Alegre, Mercado Aberto, 1983.

É fundamental ler sobretudo os poetas, romancistas, artistas em geral, que falam com o corpo exposto a linguagem de Eros.

Caro leitor:
As opiniões expressas neste livro são as do autor, podem não ser as suas. Caso você ache que vale a pena escrever um outro livro sobre o mesmo tema, nós estamos dispostos a estudar sua publicação com o mesmo título como "segunda visão".

Biografia

Nasci no Rio, em 1955. Vim para Belo Horizonte em 1975 e aqui fiz o curso de Letras, na UFMG. Vivi três anos nos Estados Unidos, onde cursei o mestrado em Literatura Luso-brasileira e defendi, pela Universidade de Indiana, a tese *Eros Travestido: um estudo do erotismo no realismo burguês brasileiro*. Trabalho atualmente como professora de Literatura Portuguesa na Faculdade de Letras da UFMG.

De uns tempos para cá, venho me interessando especialmente pelos textos de mulher e pela possível especificidade da escrita feminina. Tenho alguns artigos sobre esse e outros assuntos, publicados em revistas e jornais literários. Este é o primeiro livro.

Caro leitor:
As opiniões expressas neste livro são as do autor, podem não ser as suas. Caso você ache que vale a pena escrever um outro livro sobre o mesmo tema, nós estamos dispostos a estudar sua publicação com o mesmo título como "segunda visão".

Coleção Primeiros Passos
Uma Enciclopédia Crítica

ABORTO
AÇÃO CULTURAL
ACUPUNTURA
ADMINISTRAÇÃO
ADOLESCÊNCIA
AGRICULTURA SUSTENTÁVEL
AIDS
AIDS - 2ª VISÃO
ALCOOLISMO
ALIENAÇÃO
ALQUIMIA
ANARQUISMO
ANGÚSTIA
APARTAÇÃO
ARQUITETURA
ARTE
ASSENTAMENTOS RURAIS
ASSESSORIA DE IMPRENSA
ASTROLOGIA
ASTRONOMIA
ATOR
AUTONOMIA OPERÁRIA
AVENTURA
BARALHO
BELEZA
BENZEÇÃO
BIBLIOTECA
BIOÉTICA
BOLSA DE VALORES
BRINQUEDO
BUDISMO
BUROCRACIA
CAPITAL
CAPITAL INTERNACIONAL
CAPITALISMO
CETICISMO
CIDADANIA
CIDADE
CIÊNCIAS COGNITIVAS
CINEMA
COMPUTADOR
COMUNICAÇÃO
COMUNICAÇÃO EMPRESARIAL
COMUNICAÇÃO RURAL
COMUNIDADE ECLESIAL
    DE BASE
COMUNIDADES ALTERNATIVAS
CONSTITUINTE
CONTO
CONTRACEPÇÃO
CONTRACULTURA
COOPERATIVISMO
CORPO
CORPOLATRIA
CRIANÇA
CRIME
CULTURA
CULTURA POPULAR
DARWINISMO
DEFESA DO CONSUMIDOR
DEMOCRACIA
DEPRESSÃO
DEPUTADO
DESENHO ANIMADO
DESIGN
DESOBEDIÊNCIA CIVIL
DIALÉTICA
DIPLOMACIA
DIREITO
DIREITO AUTORAL

Coleção Primeiros Passos
Uma Enciclopédia Crítica

DIREITOS DA PESSOA
DIREITOS HUMANOS
DOCUMENTAÇÃO
ECOLOGIA
EDITORA
EDUCAÇÃO
EDUCAÇÃO AMBIENTAL
EDUCAÇÃO FÍSICA
EMPREGOS E SALÁRIOS
EMPRESA
ENERGIA NUCLEAR
ENFERMAGEM
ENGENHARIA FLORESTAL
ESCOLHA PROFISSIONAL
ESCRITA FEMININA
ESPERANTO
ESPIRITISMO
ESPIRITISMO 2ª VISÃO
ESPORTE
ESTATÍSTICA
ESTRUTURA SINDICAL
ÉTICA
ETNOCENTRISMO
EXISTENCIALISMO
FAMÍLIA
FANZINE
FEMINISMO
FICÇÃO
FICÇÃO CIENTÍFICA
FILATELIA
FILOSOFIA
FILOSOFIA DA MENTE
FILOSOFIA MEDIEVAL
FÍSICA
FMI

FOLCLORE
FOME
FOTOGRAFIA
FUNCIONÁRIO PÚBLICO
FUTEBOL
GEOGRAFIA
GEOPOLÍTICA
GESTO MUSICAL
GOLPE DE ESTADO
GRAFFITI
GRAFOLOGIA
GREVE
GUERRA
HABEAS CORPUS
HERÓI
HIEROGLIFOS
HIPNOTISMO
HIST. EM QUADRINHOS
HISTÓRIA
HISTÓRIA DA CIÊNCIA
HISTÓRIA DAS MENTALIDADES
HOMEOPATIA
HOMOSSEXUALIDADE
I DEOLOGIA
IGREJA
IMAGINÁRIO
IMORALIDADE
IMPERIALISMO
INDÚSTRIA CULTURAL
INFLAÇÃO
INFORMÁTICA
INFORMÁTICA 2ª VISÃO
INTELECTUAIS
INTELIGÊNCIA ARTIFICIAL
IOGA

Coleção Primeiros Passos
Uma Enciclopédia Crítica

ISLAMISMO
JAZZ
JORNALISMO
JORNALISMO SINDICAL
JUDAÍSMO
JUSTIÇA
LAZER
LEGALIZAÇÃO DAS DROGAS
LEITURA
LESBIANISMO
LIBERDADE
LÍNGUA
LINGÜÍSTICA
LITERATURA INFANTIL
LITERATURA POPULAR
LIVRO-REPORTAGEM
LIXO
LOUCURA
MAGIA
MAIS-VALIA
MARKETING
MARKETING POLÍTICO
MARXISMO
MATERIALISMO DIALÉTICO
MEDICINA ALTERNATIVA
MEDICINA POPULAR
MEDICINA PREVENTIVA
MEIO AMBIENTE
MENOR
MÉTODO PAULO FREIRE
MITO
MORAL
MORTE
MULTINACIONAIS
MUSEU

MÚSICA
MÚSICA BRASILEIRA
MÚSICA SERTANEJA
NATUREZA
NAZISMO
NEGRITUDE
NEUROSE
NORDESTE BRASILEIRO
OCEANOGRAFIA
ONG
OPINIÃO PÚBLICA
ORIENTAÇÃO SEXUAL
PANTANAL
PARLAMENTARISMO
PARLAMENTARISMO MONÁRQUICO
PARTICIPAÇÃO
PARTICIPAÇÃO POLÍTICA
PEDAGOGIA
PENA DE MORTE
PÊNIS
PERIFERIA URBANA
PESSOAS DEFICIENTES
PODER
PODER LEGISLATIVO
PODER LOCAL
POLÍTICA
POLÍTICA CULTURAL
POLÍTICA EDUCACIONAL
POLÍTICA NUCLEAR
POLÍTICA SOCIAL
POLUIÇÃO QUÍMICA
PORNOGRAFIA
PÓS-MODERNO
POSITIVISMO
PREVENÇÃO DE DROGAS

Coleção Primeiros Passos
Uma Enciclopédia Crítica

PROGRAMAÇÃO
PROPAGANDA IDEOLÓGICA
PSICANÁLISE 2ª VISÃO
PSICODRAMA
PSICOLOGIA
PSICOLOGIA COMUNITÁRIA
PSICOLOGIA SOCIAL
PSICOTERAPIA
PSICOTERAPIA DE FAMÍLIA
PSIQUIATRIA ALTERNATIVA
PUNK
QUESTÃO AGRÁRIA
QUESTÃO DA DÍVIDA EXTERNA
QUÍMICA
RACISMO
RÁDIO EM ONDAS CURTAS
RADIOATIVIDADE
REALIDADE
RECESSÃO
RECURSOS HUMANOS
REFORMA AGRÁRIA
RELAÇÕES INTERNACIONAIS
REMÉDIO
RETÓRICA
REVOLUÇÃO
ROBÓTICA
ROCK
ROMANCE POLICIAL
SEGURANÇA DO TRABALHO
SEMIÓTICA
SERVIÇO SOCIAL
SINDICALISMO
SOCIOBIOLOGIA
SOCIOLOGIA

SOCIOLOGIA DO ESPORTE
STRESS
SUBDESENVOLVIMENTO
SUICÍDIO
SUPERSTIÇÃO
TABU
TARÔ
TAYLORISMO
TEATRO NO
TEATRO
TEATRO INFANTIL
TECNOLOGIA
TELENOVELA
TEORIA
TOXICOMANIA
TRABALHO
TRADUÇÃO
TRÂNSITO
TRANSPORTE URBANO
TROTSKISMO
UMBANDA
UNIVERSIDADE
URBANISMO
UTOPIA
VELHICE
VEREADOR
VÍDEO
VIOLÊNCIA
VIOLÊNCIA CONTRA A MULHER
VIOLÊNCIA URBANA
XADREZ
ZEN
ZOOLOGIA

IMPRESSÃO:

Santa Maria - RS - Fone/Fax: (55) 222.3050
www.pallotti.com.br
Com filmes fornecidos.